年代诗丛
第三辑
韩东 主编

我的家乡盛产钻石

朱庆和 著

江苏凤凰文艺出版社
JIANGSU PHOENIX LITERATURE AND ART PUBLISHING

图书在版编目(CIP)数据

我的家乡盛产钻石 / 朱庆和著. — 南京：江苏凤凰文艺出版社,2025.1(2025.4重印)
(年代诗丛 / 韩东主编. 第三辑)
ISBN 978-7-5594-8097-2

Ⅰ.①我… Ⅱ.①朱… Ⅲ.①诗集－中国－当代 Ⅳ.①I227

中国国家版本馆 CIP 数据核字(2023)第 216700 号

我的家乡盛产钻石

韩东 主编　朱庆和 著

出 版 人	张在健
策划编辑	于奎潮
责任编辑	孙楚楚
封面题字	毛　焰
装帧设计	周伟伟
责任印制	杨　丹
出版发行	江苏凤凰文艺出版社
	南京市中央路 165 号,邮编:210009
网　　址	http://www.jswenyi.com
印　　刷	苏州市越洋印刷有限公司
开　　本	787 毫米×1092 毫米　1/32
印　　张	7.25
字　　数	117 千字
版　　次	2025 年 1 月第 1 版
印　　次	2025 年 4 月第 3 次印刷
书　　号	ISBN 978-7-5594-8097-2
定　　价	48.00 元

江苏凤凰文艺版图书凡印制、装订错误,可向出版社调换,联系电话 025-83280257

目 录

第一辑　清晨之歌（1998—2000）

杨仲然的早晨	003
这一刻我看见……	004
有谁感到这个夜晚的重量	006
田园	007
白化病女人	008
一个更早的早晨	010
有关水闸的传说	011
颈	013
母亲送来了一床棉被	014
几何老师	015
甘薯地	017
回忆	019
从豆菜桥上经过	020
以褫夺的方式	022
你路过这座城市	023
那场没有深入下去的谈话	024
还要继续走上一段土路	026

水塔	028
清晨之歌	029
乡村	031
一块麦地，一片鱼塘	033
降临	035
我的南方兄弟	036
在春天	042
献诗	044
陀螺之歌	045
白日是波浪，夜晚是岩石	053
可爱的老头，喝白酒啃盐巴	055
我是第一个到达村庄的人	057
夜读的水鸟	058
一场乌有的对话	059
湮没	062
往事与河流	063
祖母是村里第一个火葬的老人	065

第二辑 雨后的事情（2001—2008）

下雪那天，我们干了些什么	069
米达和宝宝	070
十九岁	071
走在小巷里的人	072
夜晚我睡在河边	073

水草	074
你是一个孩子，懵懂无知	076
乡村	078
冬日	079
谁知他变成了一只小鸟	080
雨后的事情	081
你的孩子乘雪而来	082
卖葡萄的男人，掏耳朵的女人	083
苜蓿	085
谁家没有几门穷亲戚	087
离乡	089
养蜂人卢振华	090
我的家乡盛产钻石	091
暑气	092
神仙	093
我的棉花地	094
新茶	095
姑娘来到了地震台	096
你这天然的花朵	098

第三辑　再见，我的小板凳（2009—2015）

外星人	101
悲哀的日子	102
凌晨四点的树	103

忧伤不值半文钱	104
肉铺	105
臭椿树下的女人	107
南国的眼泪	109
海岛上	110
不事劳作的农民,间或一个游荡者	112
耻辱	113
被压弯的雪	114
父亲扛着梯子从集市上穿过	116
力量的源泉	118
栖霞寺	119
沂河边	120
下山	122
再见,我的小板凳	123
泥瓦匠的孩子	124
溪流与平原	125
告别	126
慢	128
我们曾经如此贫穷	130
家乡	131
石头	132
我头顶着床垫从大街上走过	133
青春	135

第四辑　有一丛冬青（2016—2019）

夜晚是斑马身上的黑色条纹　　139

袋鼠妈妈　　140

幼儿园　　141

洪水般的爱情　　142

去深夜　　143

橘树的荣耀　　144

瀑布　　146

中年　　147

快　　148

在桥头　　149

通往坟地的路　　150

在阳羡　　151

在茶园驻足有感　　153

想起早年写的一个短篇小说　　154

这一天，我把手头的活都停下来　　155

清明　　156

有一丛冬青　　158

第五辑　刺猬（2020—2024）

母亲的药方　　161

一天　　162

小鱼回家　　164

刺猬　　165

弟弟	166
树	167
钓鱼的老古	168
在蔡甸	169
一个年轻的财主从明朝走来	170
童年	171
从家乡来的人	172
清泉	173
冬日	174
老天	175
我总在凌晨三四点醒来	177
我练过一种功夫	178
滚缸少年	180
迷途之歌	182
去微粒家	183
捕鸟的人	184
母亲	185
绿植与花工	186
有一只小鸟忽然来到了我的头顶	187
别人的事情	188
草狗	189
舅舅的房间	190
山上的寺庙	192
我的心底	193

运粪的人	195
老姐妹	197
躯壳	200
扫樟树叶的女人	201
母亲住在马棚里	202
出租车司机	203
割草的孩子	204
她的儿子为什么不去远行	205
河边的柳树	206
一棵桂花树	207
父亲的鱼塘	208
房梁之歌	209
曾有神仙路经此地	210
回家	211
给弟弟的信	213
兄妹俩	214
在梅山铁矿	215
她	217
一个说明	218

第一辑

清晨之歌（1998—2000）

杨仲然的早晨

那个叫杨仲然的女孩一醒来
今天的事情就已经在等着她了
她讨厌刷牙、洗脸和拉手风琴
但并不讨厌这样一个早晨
九岁的杨仲然吃完早点背着书包下了楼
穿着围裙的妈妈只好站在楼梯口
看上去就像站在她童年的角落里

杨仲然出了小区靠着路边走
路上嚣喧的车辆呼啸而过
但无法构成对她的伤害
她喜欢和赶早班车的人们
走上那么一段不长的共有的路程
早晨密集的光线无法分离开
他们之间保持的距离
不出预料,今天应该是个好天气

这一刻我看见……

傍晚总在不远处徘徊
孩子们还在田埂上奔跑
狡捷的小动物已经出动了
谁也不介意，大家都是朋友

当背景变得模糊起来
劳作的人们渐渐被黑暗收容
几块更浓的黑暗在田间移动
熟悉的夜晚就是自家的门口
但你们的喜悦仅留在门槛以外

希望和荣辱
仍然是家族中最古老的成员
如果你们忠实于善良
你们就仅仅属于你们的善良

死去的亲人并没有远走
而是和夜晚待在一起

就像落在地面上的果实

悄然返回到枝头

相爱的人们,你们可曾看见

有谁感到这个夜晚的重量

被时间刺痛了双眼的人们
已经躺下了　在楼群之间　在树木之间
在一个离身体更远灵魂更近的地方做着梦
他们和他们所谓的理想与苦痛睡在一起
有谁去惊扰属于他们的那团黑色
更有谁会感觉到这个夜晚的重量

夜晚的河流是可以忍受的河流
寂静的河床上漂浮着将要接受的
或者试图改变的　在楼群之间　在树木之间
熟睡的人们还依然翻着身说着梦话
有谁看见他们的比黎明更为宽广的出口
更有谁会感觉到这个夜晚的重量

田园

我的田园是这般荒凉
雾霭上升于地面
逡巡在田园的周围
像厮守恋人那样
我站在田园上

我的田园必归于
群山,或下陷为一段河床
我安然伫立
如一位轻薄女子
受孕在秋日的午后

白化病女人

患有白化病的女人
从僻静的小巷走出来
站在喧闹的街口
卖着当天的晚报

她瑟缩在小小的身体内
她沉默不语
刚刚染黑的头发
像一片乌云挥之不去

她只是想多卖出一份报纸
只是想不要惊吓到买主
她的糟糕的脾气
却因此变得更坏

晚报上的新闻
重重地压在她手上
关于她自身的消息

还隐匿在她微暗的体内

华灯已初上,她也许真的
不希望报纸那么早就卖完
这个轻声而来的傍晚
等着她的出现

一个更早的早晨

父母总是比孩子们早醒来

他们不说话

都在忙着自己的事情

他们发出的声响

尖锐地敲击着这个早晨

空气是新鲜的

阳光变成了金黄色

早晨的轮廓异常清晰

但无从辨别这是

无数早晨中的哪一个

似乎每个早晨都来得早一些

去告诉床上贪睡的小猫小狗吗

睡懒觉可不是好习惯

金色的阳光也不会饶恕你的

去告诉他们

贫穷绝不是平庸的借口

去告诉他们吗

有关水闸的传说

放学后孩子们喜欢到水闸上写作业
三米高的平台上挤满了乌黑的小蝌蚪
路过的大人们喊都喊不下来,孩子们清楚
写完作业后剩下的时间就都是他们的了

水闸四周是麦田和麦田上的春天
灌溉渠从平台两边看过去,波光粼粼
水闸正开着,孩子们都听到了哗哗的水声
如果再迟一个月,他们肯定会变成青蛙

"扑通""扑通"地跳进去,而现在每个人
只是站在平台上对着灌溉渠撒了泡尿
拥有一块磁铁的那个孩子
一声令下,闪亮的弧线就从天上落下来

另一个孩子趁着不注意抢过那块磁铁
其他孩子担心他会扔到水里去
他说他只想握一握它

每一双眼睛都惊诧地看到那块磁铁

从紧攥的拳头出发,顺着孩子的胳膊
进入到了他的身体,停留在搏动的心脏旁
这时傍晚从四周的麦田上渐渐升起来
唯独水闸平台上的孩子们显得异常明亮

颈

一朵灿烂的鲜花
一颗更加灿烂的头颅
作为连接的部分
作为不引人注意的一部分
炫耀或者突出
将埋藏它的声名

在生活的面孔上
在清晨与黄昏之间
它既不生长也不湮灭
既不迷失也不抵达
紧紧扼住它的本质
紧紧扼住它越发干枯的亮色

母亲送来了一床棉被

月光下　母亲行走在故乡的棉花地里
她的晚归的孩子和盛开的棉花睡在一起
采摘棉花的声音是这个夜晚的声音
睡在棉花中间的孩子像一粒棉籽　隐而不露

铺开母亲送来的棉被　整个世界
温暖如春

几何老师

精瘦的几何老师
站在讲台上
学生们都看着他
和他身后的黑板

是谁限制了你
又是谁驱逐了你

他的尖尖的喉结
像他性格一样突出
他的灼人的目光
来自他的青年时代

是谁限制了你
又是谁驱逐了你

他情愿把这堂课
看作一节思想品德课

"晚上千条路,
白天卖豆腐。"

是谁限制了你
又是谁驱逐了你

幼小的喜欢幻想的学生
没听懂他讲什么
他看看眼皮底下的孩子
又看看身后的黑板

是谁限制了你
到底又是谁驱逐了你

甘薯地

甘薯叶铺满了地面
匍匐的茎像血管一样细长，透明
我不学农妇们的样子
掐断一些回家喂猪
我只是顺着垄沟把它们
翻上去，不断地翻上去
被翻到垄上的茎露出细小的根
精明的田鼠传授给我经验
这些根一点也不忠实可靠
它们会吸收并且会毁掉这块土地
我理解田鼠的心情
所以等着在收获的时候
允许它们啃吃那些白皮的甘薯
啃吃属于它们的那部分
它们吃完，然后坐在田头
露出洁白的牙齿微笑
但是现在我看不到地下的白皮薯
在生长，我所能做的事情就是

不断地把茎叶翻到垄上去
就像梳理我恋人的头发那样
我在把整个绿色翻转

回忆

我沿着村前的河边走
看见孩子们在斜坡上
他们找一种可以当
口香糖吃的野草

抽水机不断地把河水
送到两边麦地里
弯腰的农民抬起头
把杂草扔到田外

沿着河边走不会有错
虽然老石桥已消失
医院搬到了河这边
跟学校靠在一起

我离开了原来的村庄
又经过一片果园
剪枝的老头告诉我
沿着河边走不会有错

从豆菜桥上经过

年轻的小文要教会他们
怎么做沙拉
"一定不可忘了加香肠"
有心的记取了
无心的等着上餐桌
今天,房间里所有的人
所有的花朵,都朝着自己开放
外面下雨的天气
也加入进来

最先端上桌的是友谊
继之而来的是爱情
各有各的颜色
各有各的味道
其中一位一定要赶在
二十五岁前
名山大川看一遍
然后幸福地去死

姑娘们并不喜欢他这样

大家都提醒他

晚上睡觉的时候

床头放本地图就够了

一行人走出小区

柏油路面黑得发亮

他们要顺着原路返回

但不得不让车辆先过

先前这里有一片豆菜地

豆花开的时候

人们习惯到桥上走一走

现在,几个年轻人

要从这座乌有的桥上

经过

以褫夺的方式

父亲惩罚贪玩了一天的孩子
一晚都不许睡觉

可是监督的老父亲
先枕着劳累进入睡梦

一觉醒来,麻雀这位穷亲戚
已守候在门前的枝头

幼小的孩子,熟脸的亲戚
怎么跟你们说呢

贫穷和无知这两件衣衫
哪一件该穿在外面

仅仅让道路带走
仅仅是两手空空

你路过这座城市

你路过这座城市,一下火车就赶过来
你坐在床边看着保持着固定姿势的床头灯
你一定在想象着我晚上看书的样子
你觉得我在哪方面有了深刻的变化

我说出去走走吧,看看我生活的地方
几所大学和周围飘满了粪味的麦田
我们走的路线就是我晨跑的路线
这里的姑娘跟你一样,漂亮而自信

我热爱这个地方,包括迎面走来的傍晚
如果你愿意,这地方也属于你
你笑着说这鬼地方比你想象的要好
我知道你一笑你将终生拥有它

你突然变得沉默,你一定想起了什么
我知道一言不发的你已经原谅了过去
你不会在这个怪名字的地方待得太长
作为主人我送你离开,毕竟你只是路过

那场没有深入下去的谈话

与你谈话像是在火车中相遇,
彼此都那么谨慎。
爱情已充满了你年轻的身体。
你乘坐的班车每天都要从古老的城门穿过,
下班后你想做点事情,属于自己的事情。
不包括自学考试,不包括星期天去逛街。
关于其他你不想深入地谈下去。

你说你在长江路上的图书馆办了借书证,
你说你三岁以前在边疆度过,
那只是胡杨树的记忆,
那只是无法悲伤无法嵌入你身体的记忆。
除了遥远的边疆和这座城市,
你没去过其他什么地方。
你从小就生活在这里,
生活在这不再忽略同时也无法忽略的季节中。

如果爱情总是和春天相关,

那么就看看窗外总在下雨的春天吧,

不知道它要漂到哪里去。

漂亮而敏感的姑娘,

在一个谁也不去冒犯的时刻,

让我们继续那场没有深入下去的谈话。

还要继续走上一段土路

在一个倍感富有的晚上

我去探访一个朋友

这位朋友一贫如洗

他住在一条听起来很拗口的街上

马自达"突突"地叫着朝前行驶

随和的司机显得很热情

他不断地问这问那还问到了这位朋友

我有权利让他知道

不管我是否要回答他的问题

最好是闭上他的臭嘴

但是我多么喜欢他蓬头垢面的样子

和他一出口就随风而去的粗话

他在我想象中成了另一位造访者

道路已不再平坦,颠簸之中

他说他没想到会有这么远

没想到还要走上一段土路

他郑重地提出一定要再加五毛钱

我乐意他这么做,而此刻

就在此刻——我只相信

那位所谓的朋友住在虚无的深处

水塔

灌满了水的水塔
矗立在那里

净化的水在空中
水的尸体在空中

水塔里的水是富足的
饮水的人们同样富足

水塔的财富
就是一滴不剩

空空的水塔
人们从下面经过

清晨之歌

父亲刚从花生地里回来
给山羊挤奶的母亲
转过身,看见了

父亲湿漉漉的裤脚
瞧,怀里的青草是山羊
最好的早餐

上完早读课的孩子们
围在饭桌旁
等待着母亲的新花样

谁都听得见
父母谈话的声音
他们在担心花生的收成

"如果地里蚜虫多,
那就糟了。"

父亲站在院子中间,对母亲说

新鲜的羊奶要给
最小的孩子喝
其他人的早餐却没有山羊幸运

父亲该去工厂上班了
母亲要接着把草拔完
孩子们则穿过整片花生地

去学校,他们沿着田埂走
成一条直线
阳光照在他们干瘦的脸上

乡村

雨后的村庄显得更轻也更温良
通向田间的小径同时通向了天堂
一家人从屋檐底下走出来
孩子们就像父亲手中的稻穗
稻粒上的雨水不时滴到了他身上
地上的蚂蚁比雨前更为忙碌
父亲对孩子们说了些什么
它们不去关心,这不是它们的事情
黑骑士们只是一边奔走
一边唱着古老的谣曲
"人间的收成一半属于勤劳,
一半属于爱情。"
村里漂亮的蝴蝶已经穿着裙子
在田间飞来又飞去
河里的鱼也都跳上了岸边
它们更喜欢岸上的生活
可父亲还在那里固执地说下去
"我什么也不能留给你们,

也无法留给你们。"
不走运的父亲就这样一直鞭打着
用话语一直鞭打着他的孩子
人们看见古怪的一家人朝稻田里走
通向田间的小径同时通向了天堂
雨后的村庄显得更轻也更温良

一块麦地,一片鱼塘

我拥有一块麦地,一片鱼塘

我是那样地忠实于劳动

但生长的季节

总有我不了解的秘密

麦子和鱼群

它们的成长让我心有余悸

一场暴风雨似乎在期待中而来

代替我割倒成熟的麦子

田鼠们逃到了高地上叹息:

拿什么来维持生计

随之而来的洪水捕获了快乐的鱼群

偷鱼贼们也站在岸边伤心:

拿什么来维持生计

我的新娘呢

就连我的新娘也被从田间劫掠而去

大地已清扫得干干净净

只有富饶的阳光在安慰我:

飘浮的云块就是我那被卷走的麦地

夜晚的星星就是我那散落的鱼群
它们,连同我的新娘
已成为天上的子民

降临

老花农的妻子坐在进城的马车上,
寒冷的风鼓不起她瘦弱而苍老的身体。
送往花店的鲜花就在她面前盛开,
仿佛众多的子女幸福地簇拥在她周围。

我的南方兄弟

一

我的南方兄弟,你虽远在他乡
但我仍能感觉到你无畏的生长
还记得我们在一起的时光吗?
你在朋友们中间沉默不语
深陷在沉默里的你就像黝黑的树枝
已悄然覆盖了我们
生活问题首先是勇气问题
可是,我们面对的永远只是自己
假如谁也说服不了谁
那好吧,拍拍屁股各自上路吧!
你的身影渐渐远去
留下了我们,用无知和善良温暖自己

二

父亲年轻时就是村里最好的猎手

那杆猎枪为他赢来了爱情和好名声

我们的父亲经常背着猎物

从小镇的街道上走过

谁都愿意跟他打一声招呼

那时他的朋友满街都是

可是一场疾病袭击了他

被洗劫一空的父亲像村庄一样

安静,该走的都走了

没走的就注定这样留下来

贫困以及贫困所带来的不安

还有这群孩子,带着小兽般的表情

告诉你们,生活往往是这样

企求得越多得到的就越少

我们的父亲——一个好猎手

两手空空地说

三

因为房租关系,我的南方兄弟

不得不再三搬迁

心爱的姑娘你都看到了,生活

有时只是我们必须羞愧的一个理由

在越来越狭窄的空间里

我们更要去学会爱和贞洁

不谙世事的姑娘,站在你面前的

只是一个来自南方的乡村猎手

看他操起那杆锈迹很重的猎枪

将枪口对准这个世界

单纯的姑娘,让我们

在越来越猛烈的高潮中

学会爱这世界

爱我的和我所爱的姑娘

统统都到夜晚的广场上来吧

你们要知道爱是多么广大

抛弃彼此间的仇恨

就像丢掉一件旧时装那么容易

四

南方的雨季是一桩心事

姐姐们的童年早已发了霉

未来被小心地放置在梦中

而梦则盛开在乡村贫穷的夜晚

奶奶的房间只有二姐还住在里面

面色苍白的二姐以为

奶奶只是去了一个很远的地方

有时也回来,跟孙女说一阵悄悄话

清晨姐姐们照例去渡口乘船上学

可是谁也没发现,二姐已倒在了路边

那天天气很好,大家都很高兴

谁也没注意二姐落在了后面

二姐悄悄地躺在了去渡口的路上

周围的青草,沾满了水珠

五

当房东老太在窗台下哀悼已经死去的猫

当采茶的母亲抬起头来看着远处

当姐姐们的孩子围在外婆家的饭桌前

当他们空洞的饥饿在傍晚的光线中纷飞

当疯狂的姑娘都做了忠实的妻子
当奶奶缠着小脚梦呓般地踏着芬芳而来
当朋友们在匆忙的人流中谁也认不出谁
当年老的父亲摊开宽厚又温存的手掌说
"我最大的愿望是……"
当街上的工人爬到天上撤换掉过时的广告牌
当死去的二姐在黑暗的地方微笑
我的南方兄弟,你
像一束火焰在挥舞你的灵魂

六

我的南方兄弟
生活该赐予我们的都赐予了
我们仅有的错误
只是轻易饶恕了自己的罪行
我的南方兄弟,有时
那些最远的事物我们都无从逃脱
我的南方兄弟
忧伤的人们用无谓的忧伤对望

平庸的人们以平庸的想象完成一生
幸运的以及不幸的人们
因为你们如此相似
才遭致彼此的厌恶
我的忧郁的南方兄弟
你怀着绝望的心情付诸这世界
就像劳累一生的农民付诸他的田地
我的孑然一身的南方兄弟
情人们的眼泪浇灌了你富饶的身体
你犁铧般的目光在昭示她们发暗的魂灵
我的瘦弱的南方兄弟
你的来自南方的面孔尖锐而又生动
像是雨水清洗过的天空

在春天

我来浇灌这块麦地
因为亲切
我浸湿的双手早已通红
田野很静
仅有几只飞鸟掠过田头
远处的杨树林枝条发黑
像没有褪尽的夜色
记得堂妹曾在那里
捡起毛毛虫似的杨花
吓唬我
并且说过一些话
我能对她表达什么
我所有的想法都是多余的
我应该倾注于我的田地
且怀有信任
我应该让目光也生长
让流水的祝福也带给堂妹
一如堂妹接受她的将来

感激人们未曾醒来

未曾来到这个清冷的早晨

当一个没有经验的青年农民

劳动的时候

谁也未曾打扰他

献诗

我想象你在温暖的小城
我记起你的忠告
是啊,我能否像栖枝的鸟儿一样
真实地歌唱清晨
是啊,你总是这样担心
我们都已经过了怀疑和不安的年纪
谁还去回忆那貌似将来的过去呢
美貌的妻子,年轻的母亲
温暖的小城在抚慰着你
同时也抚慰远方一个成熟且慌张的男人
如果事情真的那么简单
那一片树叶就足以覆盖我们
感谢你,你总是在我最虚弱的时刻出现
我感到你的遥远的目光
将我黑色的忧伤照亮
还记得吗? 那年的黄昏
我们一起散步在长满荒草的土路上
天色渐渐暗下来
不安的夜晚正邀请着我们

陀螺之歌

一

看吧,木陀螺

在结了冰的河流上

旋转,舞蹈

其他孩子都已回家

只剩下了你

和你心爱的陀螺

你在不断地抽打它

多么优美啊

是你,还是你

小小的心脏

那兴奋的花朵

在寒冷的黄昏盛开

你紧跟你的陀螺

奔跑,也许你更希望

它飞走

或变成一条鱼

二

为什么父亲

还是那个喝醉了酒的男人

他要醉过多少次

才能将他的孩子认清

谁能告诉他

他的四个孩子的模样

母亲点亮了煤油灯

那只墨水瓶上

小巧的火焰跳动着

外面的月光更亮些

但毕竟屋里暖和

如果谁也阻止不了

那就让这个满嘴酒气的男人

不停地抱怨和呕吐

可是孩子们

如何才能安睡

你看到陀螺

在头顶上盘旋

它突然降临到这房间

而且发出夏虫般的鸣响

陀螺,陀螺

兄弟们驾着它

快快躲到月亮上去

三

谁也没看到

父亲和母亲并肩走

即使在草屋里

也只是隔着木桌不说话

他们仅用眼神

交换各自的想法

看这个家怎么支撑下去

多年前他们走到了一起

然后彼此厌恶

就好像他们因为彼此厌恶

才走到了一起

四

四季是母亲善良的姐妹
看她那么忙碌
可你还要缠着她问个明白
太阳和月亮
为什么总不能见面
因为,那是因为
它们相爱
老山羊快生产了
土墙头上伸出了那么多脑袋
母亲,一个老中医的女儿
剪断了脐带
小山羊就在众目睽睽之下
害羞地来回走动
好了,家里又多了一名成员
只是它吃的将是青草
孩子们,给小山羊的礼物
你们准备好了吗

五

从水泥厂回家的石子路上
父亲那辆旧自行车
上下颠簸
不能骑得再快了
可他答应过孩子们
要做个好父亲
因此行人们都看见
中年男人滑稽的身体
在石子路上一跳一跳的

六

一年一度的运动会
又开始啦
这是兄弟们在乡村中学
最荣耀的时刻

摆脱自卑

就像父亲学生时代那样

露出营养不良的肌肤

阳光是身上

最灿烂的衣裳

可操场毕竟不是田野或河流

不能自由自在

但是女生啊

春天一样的女生啊

正躲在杉树丛中

为她心爱的人加油

七

瞧，眼前的孩子

没怎么施肥就长这么高了

好像一眨眼的工夫

可谁也没指望你们要长成

树木或者小麦什么的

只是父亲越来越感觉

自己是一只老山羊

喘着粗气

头发越来越少

问题越来越多

愚蠢的老山羊

又来到田头

坚持与高矮不齐的玉米交谈

八

抽打陀螺

就是抽打你们饥饿的肚皮

为了跟上父亲的步伐

小脚印总落在大脚印里面

父亲指着看不见的远方说

水泥都运到了那里

小马驹啊,快去吧

骑上你们的陀螺

骑上它

你们就到了那里

我知道你们的速度惊人

父亲双手一挥

天上就布满了星辰

它们也是父亲

越跑越远的孩子吗

九

每个孩子都是自己的陀螺

连父亲母亲也是

一支陀螺的队伍

浩浩荡荡

陀螺,陀螺

一路唱着四季的歌谣

不知在谁的抽打下前进

你们可一定要找到他

让他更用力些

否则会停歇下来

不再转动的陀螺

将什么也不是

白日是波浪，夜晚是岩石

年轻的时候

我时常坐在河边

想一些心事

那时真可笑，是吗

但是现在

就不可笑吗

我的目光还那样

大而无当

譬如想念一个人

我还是喜欢

翻出往日的照片

瞧来瞧去

身上犹疑的东西

改变了多少呢

而且还越来越失眠

真是难以预料

白日是波浪

夜晚是岩石

我来到岩石内部
点燃一支烟
倾听波浪拍打的声音
一直到天亮

可爱的老头,喝白酒啃盐巴

可爱的老头

又躲到小酒馆里

喝白酒,啃盐巴

子女们全都飞走了

妻子在地下

停止了抱怨

任你这倔强的老头喝下去

中药铺已爬满老鼠

不知道它们是否

也练就了一副抓药的好本领

在这饮酒的国度里

你的技艺已经无用

白酒医治了所有人的疾病

阿花呀,你也来几口

叫阿花的狗摇摇尾巴

外面冬日的河流

冒着热气

河边洗衣的妻子双手通红

公路上的白杨树

涂满了石灰

可爱的老头认出来

那是他的子女们

瞧,他们一律穿着白裙子

和上升在河面的妻子

一起来迎接他

阿花,去告诉他们

我这就回家

我是第一个到达村庄的人

我是第一个到达村庄的人
我在街上跑动的声音
引得每个庭院的狗都冲到街上狂吠
它们担心,一个新鲜的陌生人
将惊醒主人的晨梦
于是我悄悄地经过,并朝它们
发出"嘘——"的声音

夜读的水鸟

午夜,我踱步
到村后的池塘
那是在读书疲倦时
芦苇丛中的水鸟
用尖嘴叩击水面
就像我叩击纸张上的文字
但是一天之中
我根本读不了多少
母亲常常这样说我:
带了一箩筐的书
看你什么时候读完
我也发愁,秋天快到了
难道我只想
收获一箩筐的荒芜

一场乌有的对话

"我没有向谁描述我的内心,
甚至没有勇气。
可是今晚我向你倾诉,
因为你的秀发拂动我忧郁的脸庞。"

"好吧,但是不要哭,
黑夜已深入到你每个毛孔。
所有的忧伤都顺从你,
都滑入你微凉的脖颈。"

"我从不艳羡楼群中的灯火,
其实一直以来,我只愿是一只
小小的萤火虫,
照亮周围一块不大的地方,
让它来确认我,或让我
更长久地迷失。
虽然它用可怜的尾部发光。"

"好吧,你是一只萤火虫,
你生来就是一只可爱的只用尾部
照亮世界的小小的萤火虫。
原先在乡下,现在飞到了城里。"

"说真的,我真想去死,
放下妻子和孩子,还有白天与黑夜。
可我只放心不下,在炎热的夏季,
我的母亲啊,谁来为她摇扇子?"

"好了,去死吧!
但是你要离弃一切:
母亲、童年,还有不幸与屈辱,
你最终的愤怒也将消隐无形。"

"每次我从噩梦中醒来,
总感到有什么东西在撞击我,
真的,一刻也不停。
新的一天来临,我竟像害羞的小女孩
不知如何开始。"

"就这样,让撞击你的东西继续撞击你!
让照临你的每一天不断折磨你。
如果你无法解除身上的绳索——
那些该死的想法,
就让照临你的每一天继续折磨你。"

"你是那么轻柔,
虽然我看不到你的面孔。
我怀疑你只是夜晚
吹向我额头的一阵风。"

"是的,我本来就是一阵风,
而你只是你身后消失的一条条小径。"

湮没

我想说这儿的人们

无可替代

他们与生俱来的天性

似乎无可替代

每日劳顿

伴着卑微的呼吸

他们无可替代

他们谈起遥远的事情

目光都明亮起来

你不能说善良与美好

已从他们身上消失

因为他们真是无可替代

正是这一点

让他们更加坚定地分开

又聚到了一起

往事与河流

母亲穿过冬日的夜晚
背着患病的我
穿过冰冻的河流
母亲踩在上面,"咔咔"作响
裂纹始终像梅花那样
在她脚尖绽放
母亲敲响岸边一户人家
她已经迷了路
乡村医院不在原来的方向
户主吓得不敢开门
以为碰见了鬼

妻子在织着小儿的毛衣
而我正逗着他玩
多么幸福,我已经成了父亲
如果不是母亲一声叹息
一家人或许忽略了她
妻子问有这回事吗

即使有也没必要重复这么多遍
那条河流已消失,河床早被填平
两岸的人家在上面继续繁衍
我打盹的母亲
已经走不到岸边了

祖母是村里第一个火葬的老人

年轻的人们打着手势说,
不再是古老的仪式,
而是干柴塞进炉膛。
缠着小脚的祖母皱纹里
紧锁着恐惧:
那将是怎样的疼痛。
最终她还是被迫接受了
这新兴的宿命,
像小镇上空的第一场雪,
晶莹的粉末
击打着子孙们的脸,
然后在地上积了
薄薄一层。
风一吹就散了。

第二辑

雨后的事情（2001—2008）

下雪那天,我们干了些什么

我们先是在雪地上奔跑

为了追赶一只野兔

到了湖边

野兔却突然不见了

黑色的湖面

白色的雪地

身后是我们凌乱的脚印

也许野兔逃到了湖里

也许它成了一条鱼

后来我们在一间茅屋里烤火

大家围成一圈

聊了很多的事情

火苗映红了我们的脸

不知是谁说了声

"自卑不是天生的……"

我们一直在添着柴火

可谁也没出去看看

外面的雪下得有多厚

米达和宝宝

我在阳台上喊米达米达
米达就在楼下空地上瞅来瞅去
她没想到,叫她名字的声音
会来自一个意外的方向
我又开始喊宝宝
于是米达和宝宝同时四处张望
我又喊了几声
她们才发现我,然后指着六楼说
原来是你呀
原来是你呀
这两个四五岁的小女孩
嬉笑着边走边说
直到消失在楼房后面

十九岁

那年我哥进了工厂
他觉得三班倒
还是一件很新鲜的事情
他夹着父亲那辆破金鹿
兴奋地拐进家
吃饭前他总要练几下哑铃
当母亲问起厂里的情况
他就说那些姑娘
他一个都看不上
然后就躲到自己的房间里
死活不出来
一到夏天
他的嘴巴开始叼起一片树叶
发出口哨的声音
谁也不会觉得
那有什么
就像小鸟衔着一只虫子
真的是很平常
他一向就喜欢那样

走在小巷里的人

我走进小巷
槐树叶密布在上空
小巷里没有我认识的人
我想要不了多久
就会走出去的
但我看到一座院落
于是就探头进去
里面很清静
出来时我看到
门楼两边的墙壁上
分别挂着四个镜框
上面记着一些文字
我从头读到尾
这时有两个男孩
从我身边经过
他们把两颗头
套在一个纸箱里
一前一后地走着

夜晚我睡在河边

夜晚我睡在河边的杨树下
母亲说,树上的虫子掉下来
会蜇死我的
她说完就回家去了
但我躺着很舒服
不知什么时候耳边传来声音
"河里睡更舒服呢"
只见鱼儿们一起把我拖了进去

水草
——致顾前

河面上，水草翠绿又茂盛

父亲把双手聚拢到一起
他要教会孩子怎么去摸鱼
长在河边，除了游泳
这当然也是必备的一项本领

鲫鱼最爱躲在水草下面
那是它们温凉的家
一大块阴影已悄然逼近了
谁知道那是一种危险呢

最终还是发觉了敌人
鲫鱼突然跳出水面然后逃走
父亲说没关系，天色还早
我们可以顺着水流一直摸下去

鲫鱼率领子女们寻找更安全
的地方,而那些两条腿的家伙
总有歇下来的时候
但现在能游多远就游多远吧

河面上,水草翠绿又茂盛

你是一个孩子,懵懂无知

陷落的身体,浮起的
情感,还有哪个更重要
你光洁的脸庞

总让我想起树上的果实
想摘就摘,想吃就吃
还有什么顾虑

其实谁也没说话
我们只是随着光影移动
深埋我们的头,就像

黑暗被包裹着
沿着那条小道前行
你的抱怨,我只当没听见

该不该来到这里
不是你说了算

既然如此，就继续走下去吧

当然不否认我们是无辜的
难道这天气，是无辜的
可面对你我只相信

我愿意接受，而且听从
无论是什么
无论它藏在哪里

乡村

过了小河就是菜地

河上的桥

其实是两根木桩

菜地里挂着

紫色的茄子

像刚刚吹起来的气球

翘角的芸豆

扁扁的,绿绿的

当然还有辣椒

不远处有人

正从河里挑水朝菜地走

河底的虾子

已经醒来

等着孩子们中午去垂钓

早晨的雾气还未散去

看上去像越来越浓

冬日

湖边的枯草,
被踩得窸窸窣窣响,
远处的槐树林
黑黑的,没有声音。
有个人撑着船,
朝湖心划去,
跟鸭子似的。
但那个人,他
不是鸭子。

谁知他变成了一只小鸟

老人来遛鸟

年轻人谈恋爱

更有意思的是

一家人到了这里

拍照、录像

水杉、松树、野栗子树

就像他们的老邻居

他们的小孩突然不见了

找都找不到

谁知他变成了一只小鸟

正站在树梢上

啁啾,啁啾

雨后的事情

先是四个人,后来
又多了几个
他们一律站在路边上
路面被雨水冲刷得很干净
他们抽着烟,说着打牌的事
烟很轻,随即就散掉了
稻田是绿色的
远处的树林也绿得发黑
他们谈起了姑娘
他们希望有一个漂亮姑娘
从远处走过来
而且身上湿淋淋的
大家都想对她说点什么
他们在想该对她说点什么好呢
正如他们所希望的,就看见
姑娘真的从远处走了过来

你的孩子乘雪而来

我们开始往回走
郊外的农田落在后面
你小心地剔除掉
鞋上的泥巴和草梗
这又湿又冷的天气
我们还不知道
晚上有一场雪要来

你的孩子进来了
羽绒服、红围巾、棉手套
他只露出两只眼睛
帽子上的雪在悄悄融化
这是我第一次看到他
我们彼此都显得
很不好意思

卖葡萄的男人,掏耳朵的女人

卖葡萄的男人挑着担子在街上走着
掏耳朵的女人站在街边喊他过去
连喊了几声,卖葡萄的男人才听见
葡萄是刚摘的,要买就多买些吧

你耳朵不好使,还是先给你掏掏耳朵
卖葡萄的男人就放下了担子
掏耳朵的女人说得真是好
耳朵是听不清了,看那双手就知道技术不错

你看看,耳屎这么多
回家给你的葡萄当肥料,会长得更大些
突然一个男孩偷走了葡萄,就站在不远的地方
卖葡萄的男人想站起来追

掏耳朵的女人说,别动,千万别动
不然耳膜会破,那样可就真听不见了
卖葡萄的男人只好一动不动

那孩子既然想吃,就让他吃吧

女人说一声好了,你现在想听什么就听什么
男人起身听了听,真是没说的
掏空的耳朵跟眼睛一样,顿时亮堂了许多
男人说,也没卖到什么钱,就送你两串葡萄吧

苜蓿

没有比苜蓿更好的食物了
可我却不舍得割下它们
那些鱼吃得更多的是青草
所以我经常带着镰刀去麦地里
我的身体在热气中一起一伏

村里的人们却总是怀疑
我偷了他们的麦子
他们觉得我是一个自私且狭隘的人
我还知道他们背后叫我老光棍
大概他们忘记了我也曾有过老婆

其实我对世事已淡漠许多
不在乎他们说什么了
就像孩童必然天真
老人必然慈祥

面对一天天翠绿的苜蓿

我只想选择一个晴好的天气

把它们撒在水面上

让水里的孩子们来分食

想必那定是一顿丰盛的美餐

谁家没有几门穷亲戚

太阳没出来我就到了

一直蹲在草垛后面

你说谁家没有几门穷亲戚

这话可真好,虽说是穷帮穷

可我真不好意思再上门了

上次我问你家要了两升黄豆

想磨几板豆腐卖

只可惜叫驴子全偷吃光了,结果

那驴日的也撑死了

你看我这次就没骑驴,我是走着来的

太阳没出来我就到了

一直蹲在你家草垛后面呢

记得上次驴子到你家一点不老实

它死了也好,死了就不再啃你家的树皮了

前些日子我老婆跑了

丢下两个孩子一声没吭就不见了

我不知跟谁跑的,她肚子里还有一个

我待她不错,我戒了酒

也不再赌了，可她一个屁没放就没了

你看出来了，我很难受

比她死了还要难受

你说这有什么办法呢，两个孩子还不懂事

等他们一成年我就撒手不管

想去哪儿就去哪儿吧

可他们现在还小，比家雀子还小

我得把他们喂大

离乡

醉酒的父亲睡在猪圈里,
已经人事不省。
大哥差点被人砍掉了脑袋,
正流落在街上。
姐姐得了白癜风,躲在屋里,
一直不敢出门。
而我已准备好行装,
正要离开这个家。
我们谁也帮不上谁的忙。
母亲从地下来到路边劝说,
"冬天太冷,你会冻死在路上。"
我看见白杨树,枝条发黑,
风从中穿过,
"念你年少无知,念你轻薄狂妄。"

养蜂人卢振华

我走到哪儿

花就开到哪儿

从南向北

每到一个地方

总少不了

白酒和女人

我还养狗

名字叫"卢振华"

我的家乡盛产钻石

有人看见我姐姐,
拿钻石玩石子游戏。
姐姐告诉他们,
山上多得是。
去山上,他们
果真看到了
闪闪发光的钻石。
他们弯腰捡走,可一到家,
却发现那不过是些普通的石块。
所以说,在我的家乡,
那么多的钻石,
基本上没什么用处。

暑气

暑气渐渐上升,稻田中

不时有气泡冒出

河里的鱼不知好歹

突然跳出水面

以为会更凉快些

聪明的水牛却闷在粪池里

只露出两只角

而天生愚蠢的人们

更不愿暴露在阳光下

统统逃回到屋里

就连坟墓里的

也朝更深的地方去了

神仙

总在傍晚或更晚一些
回到家,孩子们
已坐在饭桌前
妻子的手艺仍那样粗糙
再不济,菜里总要有点油星儿
饭后他在院子里
点燃了麦糠
在熏走蚊虫的同时
孩子们也被熏跑
只留他一人坐在下风口
抽着烟
像一个忧心忡忡的神仙

我的棉花地

我在棉花地里捉虫子

农药已经不管用啦

可恶的虫子

害得我不得不站在闷热的天气里

不仅这样

我还要赶走贪嘴的麻雀

它们总喜欢偷吃美味的棉桃

我教训这些懒惰的家伙

"养成不劳而获的习惯可不好。"

而麻雀却站在枝条上叽喳

"就像麦子只是你们擦不完的泪水,

盛开的棉花也不过是你们一团可悲的幻想。"

新茶

无论走进哪家茶叶店
总能喝到新茶
真是清香啊
有如雨水拍打过茶田
也有黑脸的女人
在街边兜售她亲自去山上
采摘的茶叶
但无人问津
看见忙碌的茶商
从身边经过,她就说
这些茶叶贩子
跟草狗一样叫唤不停

姑娘来到了地震台

年龄最大的老张被称作村长

村长说,只要用心

什么事情都不在话下

年轻的小伙子中午也不休息

有的打篮球

有的去河边钓龙虾

晚上当然是大家一起吃

啤酒和西瓜总也少不了的

月亮刚好升起来

容不得人寂寞

喝得微醺,就边唱边跳

有时也进城

买了衣服直接穿在身上

碰见尾随身后的坏小子

就勇敢地邀请他来村里坐坐

结果那人却吓得悄然溜走

村里可爱的小伙子们已经在等着了

他们做好了准备

每人追求两个月，看你
如何招架！哦，少女的心情
就像地下的秘密
已有微妙的变化

你这天然的花朵

你这天然的花朵,我

一开始就冒犯了你

而对我

你常常捉摸不透

"多想深入到你的内心啊!"

其实我的脾气并不古怪

只是那些难以克服的恶习

世俗的生活

是多么准确无误

只是我一时无所适从

你我都深知

我们绝不能像父母那样

彼此厌恶与责难

因为冒犯,我将用一生

补偿你

第三辑

再见,我的小板凳(2009—2015)

外星人

为什么在我

最虚弱的时候看到了你

是我邀请你来的吗

你的突然降临

真让我有些慌张

可你的眼神并不躲闪

你是来拯救我的吗

瞧吧,我已经累坏了

听到我叹息的声音了吧

带我走吧

离开这藏污纳垢的尘世

你的纯洁与神奇

俘虏了我

我早已成了你的奴隶

悲哀的日子

微明的天光

感觉不是傍晚而更像早上

母亲在锅屋里烧火

潮湿的麦穰冒出了浓烟

似糨糊一般

在湿热的上空不愿散去

屋檐上的水珠

洞悉一切

母亲被烟熏得咳嗽起来

还流出了眼泪,她朝屋外看去

被雨打湿的芦花鸡躲在树下

耷拉着翅膀,露出了

它的穷酸相

他们交换悲哀的眼神

"这样的日子,

什么时候是个头啊……"

凌晨四点的树

比鸟儿醒得还要早
比露珠来得还要快
你像一个游荡远乡的人
困倦地靠在我身旁
面对你的忧伤
真不知怎么劝说你
我们用沉默对话
让我的枝叶抚摸你
让你看见我
那刻画于身上的寂静
宛如石子投于内心
还有那收容一切的坚忍
直至枯死

忧伤不值半文钱

我走了很远的路

从残破的城门穿过

在一个富贵人家

兜售我的经历和见闻

主人的女儿

坐在树下喂猫

身边的丫鬟是我妹妹

但她已不认识我

夜晚我睡在城外的草垛里

怀抱星空

肉铺

从小镇出来

过了水闸再朝前走

一直通到村子

杂沓的脚印

使路面更加泥泞

但现在只有你一个人

雨水像饿虫一样撕咬着

树上光秃秃的枝条

在抽打着天空

是这样吗

你始终在跟自己搏斗

其实多么脆弱啊

你只是那脚下的烂泥

只是深陷烂泥中的衰草

甚至比衰草都不如

你屏住被踩踏的气息回到家

黑暗中你躺下

眼睛发出悲鸣

就像白日镇上肉铺里

那冰冷的反光

臭椿树下的女人

女人歇息在臭椿树下

篮子里是带给孩子们的惊喜

丈夫崭新的解放鞋

用油纸包着,放在最下面

赶集回家的人们走在路上

有钱的满载而归

没钱的也去图个热闹

他们一路说笑

谁也没注意到臭椿树下

坐着一个女人

树上的"花大姐"

"突"地跳到了她身上

快点捉住它

给最小的孩子回家当媳妇

地下的父母

带给她的那块树荫

正慢慢地偏离

她短暂的欢愉的脸庞

就好比劳累和苦痛

重新占领她

南国的眼泪

陌生的红土

更为陌生的人群

凉茶、啤酒、热带水果

就像异族女人

带来新鲜的感受

却最终被热浪冲走

这里并没有神奇的故事

更没有意外的结局

只剩下空洞的彼此安慰

"一切都是徒劳!"

远离家乡的北方男人

站在南国的红土上

街道两边榕树的根须

是他忧伤的胡子

芭蕉树上滴落的雾水

化作他思念的眼泪

海岛上

细雨唤醒了黎明。 寺庙
晕黄的灯光倾斜着
透过绿皮的橘子,看见远处
教堂的三角形屋顶

海岛在下沉
谁也没有察觉

结渔网的母蜘蛛不知疲倦
而丈夫正跟足疗店的狐狸说笑
树上的露天广播扮成了海螺
传播陆地上的国家新闻

海岛在下沉
谁也没有察觉

身上的鳞片像海底的银币一样
闪着幽光

藏于腋下的鳃散发着咸腥味

随时回到海里去，回到痛苦的深渊

海岛在下沉

谁也没有察觉

不事劳作的农民，间或一个游荡者

多么早啊，天还没有亮
父亲就到地里点豆子
挖个眼，然后手里的豆种漏进去
再用脚埋上，却并不踩实
父亲的脸上自在而安详
就像种过多少茬庄稼的土地
对于我出现在他面前
一点也不惊讶
正如当初我离家时，他平静地说
"玩够了，总是要回家的！"
父亲，这个被禁锢在土地上的囚犯
用佝偻而沉默的身影回答我
"自由不过是
对自由的渴望与幻想而已。"
我和父亲平行地走着
我不再抱怨青春遭到践踏
也不再怀有仇恨
我就是他播下去的种子
痛苦地翻身、挣扎，并破土而出

耻辱

他们为什么用这么奇怪的目光盯着我

我身上没有被侮辱者刻骨的仇恨

更没有杀戮者淋漓的鲜血

他们为什么用如此惊恐的目光盯着我

难道是因为遗失多年的纯真和善良曝露在外

假如这也成为我的耻辱

那背负它吧

直至死亡的那一刻

被压弯的雪
——致曹寇

下雪的夜晚,在乡下

并不是一件美妙的事情

因为要不时去田里

把塑料大棚上的雪扫掉

不然雪越积越厚

篾条断裂

把大棚压塌

里面的芦蒿将被冻死

先是躺在床上翻看了几页古书

后来弓着身子写大字

清冷的灯光

把身影缩得更为瘦小

即使手脚冻得麻木

还要坚持写下去

黑色的字写满一张纸

就感觉身上落了一层雪

扫雪的竹竿在灯影下

兀然斜立

那雪越落越厚

似乎听到了身上肋骨

突然断裂的声音

父亲扛着梯子从集市上穿过

扛着梯子的父亲

要穿过集市

中山装敞开着

小腿肚子上的毛沾着泥巴

熟人见了打声招呼

并热情地把烟夹到他耳朵上

准备出粪用的铁锨

挂在梯子的后面

刚买的地瓜苗挂在前面

今天要下到地里

肩膀上的梯子是要苫屋用的

夏天母亲将不会再抱怨

人越来越多

父亲扛着梯子艰难地行进

引起了人们的不满

有人提议父亲把梯子竖起来

顺便爬上去

看看天上的风景

而有人则叫他把梯子举过头顶

让火车在上面飞跑

他们嘲笑着父亲

小偷却趁机偷走了铁锨头

接着又顺跑了地瓜苗

甚至还替父亲把梯子扛着

顺手取下他耳朵上的烟自己点上了

一动不动的父亲

扛着一架虚无的梯子

像电影胶片一样

定格在拥挤的人流中

力量的源泉

女儿看到我离开

哭了起来

像往常一样,我对她说

爸爸去上班

接着反问她:上班干什么?

她的小手攥成拳头

打着手势说"挣钱!"

我又问道,挣钱给谁花?

"惜惜!"

真棒,我亲了她一口

就下楼了

心里想,为了她

我可以像狗一样活着

栖霞寺

就像回到父母身边

突然间

满眼的泪水

四岁的女儿

也来了

我体内唯一的纯真

这么多年

没有流失

殿堂上

我不祈愿

只在内心诉说

在外的行迹

和悲苦

檐角上

涌动的枝条

一直在倾听

就像在

逝去的亲人中间

沂河边
——致芦苇泉

我们多么相像啊

虽然看不到彼此的内心

年少时

我时常站在沂河边

那浑黄的激流中

也曾有你注视的目光吗

"人不可能分成两半,

踏上两条不同的道路"

破旧的酒馆里

我们碰到了这个古老的命题

多少年过去了

我们看不见彼此

就像都消失了一样

唯有劳累时

那负重的喘息

才让我们想起彼此

直到有一天

我们一同站在沂河岸边

眼眶里那奔流不息的河水

是在哀悼我们吗

下山

我喜欢一个人爬山

从后山上

昨夜的雨化为山泉

蚯蚓一样

脚下的枯叶

犹如往事

被踩得吱吱响

下山的时候

有几个村民拦住我

看有没有

偷山上的竹笋

我身上空无一物

他们不知道

我就是山中的竹子

已悠然下山去

再见,我的小板凳

惜惜学会了说"再见"
跟兔子玩完
说一声"兔兔,再见"

路过游乐场
她曾在那里玩耍
说一声"摩尔,再见"

吃过晚饭,抹抹嘴
她说"小板凳,再见"
临睡前,她也会

跟夜晚说再见
然后返回她的星球
第二天早上回来

泥瓦匠的孩子

"我也有过一个孩子,
是个男孩,
十岁那年淹死了。"

泥瓦匠跟我谈起
多年前的事,
脸上平静,远离了悲伤。

"每次我都把他砌进墙里,
抹上白泥,一遍又一遍,
这样就看不到他的脸了。"

溪流与平原

我是否愿意结束这一天的光景
是否愿意享有黑夜
我的孤独的平原
因为简单才如此纯洁
才这般空旷无边吗
我的幸福和苦难
就跟我所属的白天和黑夜一样多
它们分布在我身体两侧
让我辗转难眠
平原上的树木啊
它们的前景
绝非是茂叶和繁枝
谁能比一棵树的愿望更朴实
谁能像蚕丝一样来抽空它
作为被邀请者
你同溪流一起穿过我的平原
我看见孤独
以孤独的方式
逃走

告别

从一个地方搬到另一个地方

丢掉了旧衣服和旧家具

甚至摆脱了肮脏的情绪

他们不明白我

为什么喜欢站在护城河边发呆

其实他们也并非不友好

只是表面关切的眼神

而鄙夷深藏其中

让我觉得厌恶

有好事者甚至演绎谁家的房子有鬼怪

导致了这落魄人家的厄运

终于摆脱了那一切

该扔的都扔掉了

其实新地方我也未必真喜欢

我在街上麻木地走着

这里的人们看上去很谦和

但实际上目光凌厉并透着隐忍的邪恶

与先前的人们毫无二致

远处的青山上裸露的岩石

也像张人脸

一到夜晚

那隐没的山影开始向我召唤

慢

昨天下午

先是碰到老李开着车

从总统府边上的巷子拐出来

"这是要去哪儿,

慢一点啊!"

接着又看到了

刚去高家酒馆上班的老刘

在兰园七楼

老韩正在跟文字作斗争

经过和平公园

老方打坐等着退休

沿着城墙走

恰逢老顾在玄武湖散步

屁股后面插着报纸

像他脱毛的翅膀

平时太忙了

没机会与你们相见

这次一路走来

跟你们打声招呼
并请传授我经验
"一定要慢啊!"
要目光柔和的慢
要步履从容的慢
像孕妇一样骄傲
像天空一样充盈

我们曾经如此贫穷

父母在水田里插秧
孩子捉了蚂蟥放在腿上
故意让它吸血
他的身体干瘪如稻壳

看到有汽车驶来
他就兴奋地一路追赶着
尾随着,鼻子贪婪地吸食
觉得汽车尾气太好闻了

即使再多的告诫也不听
那时真的是很穷啊
就连有毒的东西
都那么稀有

家乡

你真不应该回来

虽然你的技艺没话说

可这里的人们

几乎都把你忘记

你不符合他们的想象

你的样子

甚至玷污了家乡的凄凉

你还是走吧

走到哪儿算哪儿

走不动了

就在那儿死去

石头

对不起,母亲

人生过半我才明白

我们欣喜播下去种子

收获的却是石头

你被疾病抽空了的身体

装满了石头

困乏潦倒的兄弟

吞咽的依然是石头

我绝望而流不出泪的眼睛

也成了石头

就连这世人的心啊

都是石头

我头顶着床垫从大街上走过

棕绷床垫在我头上顶着

从小巷里出来

走上大街

倔强的脑袋被更倔强的床垫压着

路过的人们纷纷驻足观看

瞧这个家伙

头上顶着破旧的床垫

像是天空的一块补丁

他比扛着梯子穿过集市的父亲

还要愚蠢

如果那是块太阳能板

还可以发电

给自己补充能量

再比如要是只巨型风筝

把这个古怪的人拽到天上去

与沿着梯子爬到天上去的父亲会合

路过的人们其实并没有看

那只是我的想象

他们行色匆匆

谁也懒得理谁

如果在看

那也只是在嘲笑我

多像一只老鼠

拖着一片枯树叶

从一个蹩脚的地方

搬到另一个蹩脚的地方

去过冬

青春
——致育邦

多么羡慕你啊

从一个山头

爬到另一个山头

你毫不费力

多么羡慕你啊

无论在什么地方

你都像个泥瓦匠一样

修缮着你的内心

多么羡慕你啊

你在浇灌天上的云朵

地上有多肮脏

你就有多纯净

多么羡慕你啊

即使我们一起谈论生命的纵深

你脸上还保持着

童年的羞涩和天真

第四辑

有一丛冬青（2016—2019）

夜晚是斑马身上的黑色条纹

你说,夜晚是一个放荡的女人
你曾在她身上肆意挥霍

你说,夜晚是一条腐臭的河流
你曾无奈地漂泊其上

你说,夜晚是一位慈爱的母亲
你偎依在她怀里大声哭泣

你从不说,夜晚是斑马身上的黑色条纹
你害怕斑马从体内冲出来

消失在草原上

袋鼠妈妈

你好奇地探出头

跳一支舞,或唱一首歌

有时伸出胳膊

你小巧的手掌是两片树叶

我的孩子,你怎么突然不见了

妈妈的袋子里空空如也

哦,亲爱的小宝贝

你怎么躺到了地上

该死,原来妈妈的袋子破了个洞

哦! 可怜的孩子

让我们一起跳着回家

我要拿针线把那破洞补上

幼儿园

关上门
锁上锁

要学会这里的规矩
没有人天生懂规矩

没让你发言
就别乱说话

排好队
有水喝

按时吃饭
吃完睡觉

这里是幼儿园
不是别的什么地方

洪水般的爱情

如我所料,洪水
踏着夜色悄然而来
人们还在熟睡
父母不管了,财产我也不要啦
我去唤醒村里最美的姑娘
一起逃命
洪水迅速淹没了街巷
似毒蛇啮咬着我们的脚后跟
我拉着心爱的姑娘
拼了命地朝村后的山上跑
刚到山顶,身后
已是一片汪洋

去深夜

失眠的人走出家门
开始丈量黑夜

小吃店的中年夫妇
忙碌着,炉火正舔着锅底

盲人按摩师下了班
走在回家的路上

天桥下的流浪汉蜷缩成
一个圆,只等好梦降临

几个醉鬼倚靠在午夜门口
空酒瓶从夜的那边

滚了过来

橘树的荣耀

不知不觉

我们已来到一片坡地上

这是你家的橘子地

在黑夜中，虽然看不到橘树

仍然感觉到累累的果实

垂挂于心

谈话仍继续并在橘树间闪烁

比如这橘树

只有长出果子来

才让人放心

这是它的荣耀

顺手摘了一个橘子

在手里凉凉的

你怎么知道果实里没有愤怒

剥开来，橘子的清香

在黑暗中弥漫

当然有，但最终会消隐

颓败的结局谁也不能避免

就像眼前的夜

我们都要消失其中

但现在可以当作一杯酒

让我们慢慢啜饮

瀑布

这是这一年中的最后一天,
让我痛痛快快地洗个热水澡。

把一年来的污垢和晦气都洗掉。
为了两个孩子,来年还要多挣一点钱。

充满希望的一刻,平庸而有力地
活着,任凭时光的瀑布冲刷我。

中年

像一场预谋
雪连着下了两天
只感觉被子越来越厚
也不知睡了多久

夜里梦到蜘蛛
醒来查了下周公
内心似有忧虑
推开窗,就看见

那只黑蜘蛛
在雪地上无声地爬

快

我见过最快的人
在地铁关门的一刹那
那个人"噌"地
就上来了
但是很遗憾
他的尾巴还是给门夹掉了

不过,没关系
第二天早上还会长出来

在桥头

几个老人

在桥头闲坐着

说着比石头还要老的话

也有路人从桥上经过

停下来

看着桥下

想着河水才知道的心事

卖旧鞋的人出摊了

据说里面有死人的鞋子

买的人也不介意

直接穿在脚上

要把死者没走完的路

继续走下去

喝酒的女人坐在桥栏上

半裸着身子

等着流浪的外乡人

来问路

并爱上她

通往坟地的路

漆黑的夜色

引领着你

路上的荒草

被你劈开

又是那酗酒的丈夫

和一堆饿疯了的孩子

把你压垮了

你的哭声

惹得树上的知了很不耐烦

"坟里是空的,

你爹娘不在里面,

就像今晚的月亮没出来,

照亮它所眷顾的人。"

稻田里的青蛙

也应和着

"没有穷苦的人,

只有穷苦的心。"

在阳羡

——致李樯

两个老朋友

在一个新地方相遇

上次见面

是半年前抑或更久

同在一个城市

却感觉隔了很远

现在我们坦然坐下来

一壶阳羡雪芽

让心情再次刷新

孩子是首要的话题

他们的成长

叫人欣喜又忧心

感觉可爱的小兽已经成了

难以驯服的马匹

要从我们身上踏过

倏然就到了中年

胡子发白已不是新闻

隐于心中的生死

我们不再避讳谈论

感叹曾经走过的那些地方

目光所及

其实也在选择安息之地

是不是你也看中了这块山坡

比如一棵竹子

和不远处的一株茶树

流经的山泉

心无挂碍

在茶园驻足有感

不说在这儿安度晚年
也不嚷嚷着来小住几日
不像远处的山影那样柔和
不像茶树那样安然
不是苦也不是甜
不是先苦后甜
也不是苦中带甜
不是形同天真的虚妄
也不是貌似淡然的贪婪
是这让你不断厌弃的人世
却仍滞留于此
是你憎恨的家乡
虽离开多年
却又不得不想起她

想起早年写的一个短篇小说

稿子已经没有了
蓝黑墨水写的
情节大致还记得
说的是一个油漆工
下了班,家里没吃的
一直坐到晚上
他脱光衣服
浑身刷满了黑漆
然后朝大街上走去

至今,漆黑的他
还饿着肚子
一直走在
无尽的长夜里

这一天，我把手头的活都停下来

就像我养育多年的女儿，
今天要出嫁了，
尽管脸上一副不在乎的样子，
细心的人仍看到了我不安的眼神，
自然有不舍，
但更像是忧虑她的将来。
这一天，我把手头的活都停下了，
只为一件事，
决定把藏在心里的话写下来。

清明

从村里出来

到父母的坟地

大家坐着水泥船去

这安眠之地可真好啊

麦苗青青

油菜花开

只是纯粹的思念

哀伤已深埋于心

坐船返回时

有人把手伸到水里

似鸭子游过

后来在河堤上折了柳条

编草帽

大家都很快活

父母活着的时候

会对客人说

到了这里就要好好玩

现在他们还这样说

就像煦暖的风

吹在脸上

有一丛冬青

有一丛冬青已干枯,
老蔡准备刨了。
边上还有几个人,
抽着烟,聊着什么,
似乎谈到了来年。
不知谁随口说了声,
"你看,有树芽冒出来了。"
冬日的阳光,
温暖地照在他们身上。
园丁老蔡说,"那行,
留一年再看看。"
谁心里,
都隐隐地希望,
来年的运势好一些。

第五辑

刺猬（2020—2024）

母亲的药方

母亲有一副药方

是我姥爷留给她的

这副祖传秘方由三味中药组成

母亲让我记住药名

并嘱咐我

三味药分别在三个药房买

一天

从井台挑水回家
两个圆圆的水面,一前一后
里面的晨光微微晃动

一天三顿饭是不能少的
孩子们正是长身体的时候
营养不够,就用分量来补足

田里的草长得飞快
前两天才拔过,就又冒出来了
随时要把穷日子吞没

三里外的树林里
有父母的坟地
年少离家的哥哥仍下落不明

午后的菜园安静如常
紫脸的茄子始终不说话,摘下它

都一声不吭

灯下,孩子们写作业
满是泡沫的手从洗衣盆里抽出来
把灯芯挑亮一些

鸡鸭上宿了,一个都不少
晾衣绳上的滴水声在夜色中
渐至于无

醒来已是半夜,身边是醉酒的丈夫
去孩子的房间
把踢掉的被子重新盖上

直到这时你才看到自己
日渐磨损的心
母亲过来,给你轻轻擦洗

小鱼回家

她至今仍记得
小学时当过路队长

每天下午放学后
她带领一支小队伍

从校门口出发
像河里的小鱼开始游走

碰到一个巷口
就会少一条

最后只剩下她自己
还保持着队形

回家的小鱼,看见院子里
妈妈在给煤炉生火

刺猬

起初,你的手上无意中,扎了一根刺
其实这没什么,接着会有第二根,第三根
扎进你的肚皮,你的心脏,甚至双眼
然后一根根,射向你,犹如箭矢
还有什么可说的,最终你成了人见人爱的小东西

弟弟

我什么忙也帮不上你
无能的哥哥
只顾着自己在泥泞的路上跋涉
你双脚行走在玻璃碴子上
鲜血淋漓的弟弟啊
已忘记了疼痛

记得我们分别的那天
你嘱咐了我一些话
就像我是弟弟你是哥哥
望着你离去的背影
我在心里默念
 "祝你有一个美好的前程"

树

"你要记住

每天给它浇水。"

邻居说着,

抽了口香烟。

"一直到它枯死,

然后砍掉,

把空地平整出来,

放一辆车,

还是支一张桌子喝茶,

都不在话下。"

邻居轻松地说着,

从鼻孔窜出来的烟

随即飘散。

"记住,一定要用开水。"

他重复道。

我们边上没有别人,

只有眼前这棵树,

在安静地听着。

钓鱼的老古

看老古肩上的大鱼
谁都不相信
是他从河里钓上来的

老古扛着大鱼朝河堤上爬
鱼实在太重了
老古的身子在不断地下滑

为什么不把鱼放在胯下
当作一匹马骑上去
他们在坡下给他出主意

一辈子的屈辱就要过去了
老古要带着大鱼
回到海里,不过眼下

还要跟瞎眼心坏的人们
以及脚下的斜坡
搏斗一番

在蔡甸

——致执浩诸友

就在湖上的楼里

我们一直喝

感觉每个人酒量都很大

似乎要把这湖水喝干

把夜色饮尽

白天我们看见湖里的荷花

一枝一枝

安静地开放

夜晚它们是不是也会

相聚到一起

喝酒谈天至天亮

一个年轻的财主从明朝走来

与往常一样

父亲早起去麦地拔草

在晨雾中过来一个浑身泥垢的民工

他自称在工地挖出了银元宝

父亲研究了半天

那些东西的确出自明朝

六百块钱成交

父亲没想到一生穷困

在心如死灰的晚年还能发财

他要置田盖房子

重新规划自己的一生

晨雾散去

春天的田埂上

父亲背着沉甸甸的铅块

俨然一个年轻的财主,从遥远的

明朝走来

童年

看你挖了这么多野菜
可都不是荠菜

味道苦,炒不了鸡蛋
只能喂兔子

是的,家里没有鸡蛋
也没有兔子

伤心的眼神
别跟野菜一样无辜

当然你也没白干
至少认得了两种野菜

剪子股
还有婆婆蒿

从家乡来的人

来自家乡的故人啊
我的好邻居
你身上的气息让我着迷
别只顾着喝酒
说说远嫁他乡的
我儿时的情人
说说笼罩在村庄上
铁桶般的晨雾
我的好伙伴
你是从干涸的眼睛里
打井的人
你是从荒凉的坟墓中
走出来的死者

清泉

多么慈爱

多么安详

走的时候

没怎么受罪

自然睡过去的

谁见了母亲的遗容都这么觉得

这辈子她过得太苦了

就连她自己生前也这么说

死后母亲将积蓄了一生的苦

化为清泉

荡漾在脸上

冬日
——致林苑中

在这又湿又冷的天气
想起瘦弱的你
曾经安逸的小城
以及更为安逸的校园
"比湖水还要平静的生活,
哪是人过的日子。"
说完,你像一名英武的战士
抛家舍业,开赴前线
多少年过去了
你的煎熬,我的哀伤
渐渐成为一种日常
在这个湿冷侵入骨髓的冬日
你似风中的枝条在抽打我
"最先放弃的,
是像刑具一样的信念。"

老天

一种怪病袭击了这个家

先是儿子突然去世

接着两个外嫁的女儿也走了

老头子最后死的

还留有唯一的孙子

就给儿媳妇招了个男人

这前后不过几年时间

人们议论时

感觉是一瞬间的事

而且怪病都跟血亲有关

如果怪病再夺走孩子

让三个互不相干的外人

住在同一个屋檐下

就像莠草占有了稻田

那老天可真是瞎了眼

老太在家里跪地默念

"老天啊,保佑我的孙儿吧!"

村人的诅咒和老人的祈求

老天都听到了

始终不作声

我总在凌晨三四点醒来

不管多晚睡下

我总在凌晨三四点醒来

迷迷糊糊的

像要死去但没死掉的感觉

坐起来喝水,听见自己

喉咙吞咽的声音

记得我小时候

母亲也是这个时候起床

开始忙碌

为了不惊扰我们睡觉

声音总是很小

想起母亲

我决定起床,像她那样把漆黑的庭院

一点点擦亮

我练过一种功夫

小时候,我练过
一种叫自然门的功夫。
在装满泥土的蜡条筐边沿上
转着圈走,
随着筐里的土一点点减少,
到最后筐内空空如也,
人在筐沿上仍能行走自如。

我只练了三天就被父亲叫停了,
他把我师父喊来。
院子里,蜡条筐里的土被倒出来,
筐子歪倒在一边。
他们谈话倒是客气。

师父走后,父亲对母亲说,
看他搞得跟世外高人似的,
谁不知他是个骗吃骗喝的二混子。
母亲说担心他们打起来,

父亲说,我早预备好了,
不行就把筐子直接扣他头上。

至今我还记得
临走前师父随口说了句,
"这实际上是一种修行,
都知道把东西朝自己身上装,
你看有谁朝外掏的。"

滚缸少年

一个少年在路上
朝前滚缸,后面是他弟弟
手上的缸口要小一些
但同样斜立着
也在朝前滚

他们从缸厂出来
要把两口缸滚回家去
滚缸不同于滚铁环
弟弟慢一些,有时会滚偏
哥哥只好停下来等他

如果不回那个可恨的家
沿着这条路滚下去
不管去哪儿,遇到风雨
就躲进缸里
越远越好

离村子还有二三里路

过往的行人

看到天边的晚霞

正被两个滚缸的少年

收进缸里

迷途之歌

我的头发已成了白霜

皱纹似小蛇盘踞在脸上

我这么快就老了

却还身在迷途

他们唾弃的东西

我仍视作宝物

如果可能,我还会更老些

一直到死去

我的不知回返的迷途啊

这条长长的裹尸布

去微粒家

晚饭后,陆续地

来到了微粒家

后面到的看到前脚来的

就以为一直坐在这儿

不曾离开

以前的坎坷都不提了

像白昼闪于身后

到这里打牌或聊天,或是

边打牌边聊天

一直到夜深

四周窗户上的灯影都消失了

只有这儿还亮着

其间,有人说到了月亮

只是不知

它已来到阳台上

捕鸟的人

捕鸟的人

在树林的空地上

张开一张网

背靠着树抽一会儿烟

更多时候

去林间寻找野果子

差不多的时间

回来看看

碰到小鸟落在网上

就把缠住的翅膀解下来

可怜的小人儿

你怎么跑到这儿来了

说着让小鸟

从他手上飞走

母亲

把菜盛到盘子里,母亲的手指
习惯性地在盘子边划一圈
盘沿上的菜汤被抹去
形成一个看不见的圆形的白色光环
正如她心里有始终不愿说出的悲哀
"一生被禁锢,到死才得以解放"

绿植与花工

每年春天

老花工手持大剪刀

把小区里的绿植

修剪成整齐的几何体

有的长方形

有的呈圆球状

有的甚至是起伏的波浪

今年春天来得晚一些

那些绿植不知道老花工

已经死了

新花工还没找到

有一只小鸟忽然来到了我的头顶

有一天,我的头顶上

忽然停着一只小鸟

它一定是累了

把我的头当成了

草丛、树枝或石头

我生怕吓跑它

在街上小心地走着

不时听见有人说

这人可真是好玩啊

头顶上有只小鸟

还下了蛋,过不了几天

就会有更多的小鸟

飞出来了

别人的事情

当你说起别人的事情

嘴巴里出现了一个英雄

或者一个倒霉蛋

细节有些夸张

有的甚至成了传奇

对于一辈子落魄的人

你说"到头来他会死得很好"

而面对得意的家伙

你总是缀上那么一句

"他何曾为自己悲伤过"

看你的表情平静

其实心里清楚

你说的是谁,就像

你走在结了冰的河流上

看着冰下的自己

或是相反

草狗

快过年了,
我花了一整个下午,
把房子的窗户都擦拭干净。
光明如初,
就跟没有玻璃一样。
路过的一只草狗盯着我,
不屑地说:
"有什么用,内心
还是脏的。"
它看透了我。
"是啊,那里的确肮脏,"
我回答它,
"还常被刀割。"

舅舅的房间

舅舅去了很远的地方

已经两年多了

顶多再有十年八年

就会回来

我们来打扫他的房间

运气好的话

他会挣很多的钱

还带给你们稀罕的东西

可是你们的舅舅

我们不说他正直与善良

但他不知外面的险恶

很容易上坏人的当

回来可能还是那个穷光蛋

我们要把舅舅的床铺

打扫干净

让他一回到家

就舒服地躺上去

看他眼睛里

有数不清的宝藏

可舅舅太累了

我们担心哪怕一粒灰尘

都会硌得他生疼

山上的寺庙

去年曾来到山上
在寺庙,遇到一个扫地的孩子
来自百里外的乡下
面容枯瘦,今年又看见他
已然发胖
且脸色红润
像大富人家的一条狗
而我这条流浪了半辈子的
老狗,一直想找个
安生的地方

我的心底

在树林深处
我看见一处池塘
这里少有人来
似乎专为我出现

多安静啊,所有的东西
都失去了烦躁

它看着我走近
站立一会儿,又离开
像是我的一只眼睛
丢失在了那里

水面映照着
树林上的天空
谁知道那是一种怜惜

我一生的枯枝

和败叶

落入

那个不为人知的池塘

我死去即干涸

运粪的人

运粪的人推着小推车

走出自家的院子

从邻居的门口经过

妻子正跟这家的女人说着话

手里还忙着针线

她为他生了四个儿子

另外还有两个女儿

只是夭折了

埋在村南的棺地里

他从她们的面前走过去

庄重而沉稳

像推着一车子黄金

她也曾想过死

但最艰难的日子已经过去了

现在农忙还没到

孩子们在学校念书

她们继续说着话

手中的活也没停下来

她看着他已走远

筐子里漏出来的细小的粪粒

被蚂蚁悄悄搬走

此时槐花开得正旺

路面跟阳光一样平坦

就像这一车子的粪要归于农田

这一小段温暖的时光

是对她贫瘠岁月的一份馈赠

老姐妹

有一天院子里来了一个
比母亲还要老的老人
她反复问母亲还认识她吗
母亲一直摇头
她就说我是你老姐姐呀
接着提起了很早以前的事情
比如她们曾经玩过抓石子的游戏
母亲终于想起来
她的确有一个
小时候一起玩的本家姐姐
母亲经常输给她铜钱
当时我姥爷是乡里有名望的中医
家里的钱随便母亲怎么花
在母亲十岁左右的光景
姥爷带着一家人离开了原来的村庄
母亲仔细辨认眼前这位老姐姐
还原了她童年的模样
让母亲感到惊讶的是

老姐姐嫁得也不远

她们住的地方相隔不过七八里路

六十多年来

她们竟然没碰到过一次

更让母亲惊奇的是

她们就像乡间的野草

这么多年竟然都还坚韧地活着

虽然现在已近枯死

要不是这次老姐姐找上门来

她们恐怕这辈子再也不会相见了

她们聊了很长的时间

老姐姐终于说明了来意

她的儿子做生意缺一笔钱

她是来借钱的

母亲表示很内疚

她已不再是那个富有的孩子

只有几百块钱拿得出来

老姐姐知道这钱离那个数字太遥远

饭也没吃就走了

这是那天她们见面的情景

母亲说给我们听了

后来有一天我哥哥告诉母亲
他因为办事恰巧路过老姐姐的村庄
顺便问了一下
村里人证实真有老姐姐这个人
她也的确有个儿子
不过她儿子前两年做生意失败
死在了外面
母亲听后想对哥哥说
等她死了以后要给她多烧些纸
她要借给老姐姐一大笔钱

实际上母亲什么都没说
只是像临死前那样轻轻地叹了口气

躯壳

我们借了车

特意跑到这里

真的看到有羊在坡上吃草

买了门票,又租了游船

此刻就在湖中间

这片水面

在这片水面上目力所及的远处的树林

远处树林掩映的黄墙的寺庙

仿佛此刻我们的躯壳也是借来的

要不是你,我和这个地方

扯不上关系

我们躺下来,朝天空

丢弃了一些东西

扫樟树叶的女人

早上醒来
来到楼下才知道
昨夜的雨刚停不久

她跟扫地的女人打了声招呼
扫地的女人停下来,
对她说"其实你一个人过也挺好"

路上很多落叶
因为雨水紧贴着路面
有些难扫

扫地的女人已衰老,她对她说
"这可是春天,
说话不要这么伤感啊"

这是樟树的落叶
新叶发出来
旧叶才肯落下

母亲住在马棚里

母亲去世那天

我接到哥哥的电话

我很惊诧自己为什么没有感应

甚至抱怨母亲

为什么不托梦给她最疼爱的儿子

说她要走了

至今母亲离开我们已两年多了

我一次也没梦到她

直到昨晚母亲出现在我梦中

我看见她睡在马棚里

作为四个孩子的母亲

她一辈子都住在马棚里

可是母亲

你已经去了另一个世界

为什么还住在马棚里

还吃着马粪

出租车司机

车子停进机场停车场

他伸了个懒腰

坐在驾驶座上睡着了

此时,客人的飞机正在机场上空准备降落

妻子在超市整理货架

儿子在课间与同学追逐打闹

女儿在幼儿园安静地看着窗外的阳光

而此时,准确地说

他伸过懒腰又打了个哈欠

两腿蹬了蹬

一眯眼就睡着了

再也没有醒来

他的手机上还有未读的房贷信息

口袋里装着一张再也无法得知是否中奖的彩票

割草的孩子

夏天的田野里
总看到一个割草的孩子
田埂上割一阵子
水渠边割一阵子
好勤快的孩子啊
这么多的青草要给谁吃

给空肚皮的兔子吃
给空肚皮的山羊吃
给空肚皮的家人吃
给空肚皮的自己吃
给空肚皮的河流吃
给空肚皮的夜晚吃

她的儿子为什么不去远行

有个女人在一条街上
每天清扫着垃圾

人们走上街头
就像他们的肠道被女人清洗

谁都没注意到扫地的女人
也没留神她身边还有个儿子

就像街道上空的两片树叶
即使落下来也无从辨别

从小街的这头到那头
儿子都不曾离开女人半步

他是她手中的钥匙
只用来打开回家的门

河边的柳树

几个工人围着
一棵柳树
先用电锯从根部把它锯倒
枝叶削除
树干分成四段
现在被工人们抬到岸上来
他们有些累了
擦着汗水,还说说笑笑。

我就是这棵柳树。

早上还跟其他柳树一样
细细长长的枝条
随风吹拂。

一棵桂花树

晚饭后我去找堂姐,她不在家。
她去了邻居卓芬的家里,她们是同学。
在卓芬家的院子里,有棵桂花树。
桂花开了。 堂姐和卓芬
一边闻着桂花的香味,一边说着话。
桂花加到米饭里,叫桂花饭。
加到酒里,就成了桂花酒。
放在枕头里面,就是桂花枕头,
睡觉都能闻着香味。
我一直站在卓芬家的大门口,听着
她们在院子里说笑,
她们的笑声里都有桂花的香味。

父亲的鱼塘

汹涌而来的洪水,冲垮了
父亲的鱼塘
溃堤的水面上黑压压的
像是天上的乌云投下来的影子

父亲说那是鱼群
它们顺水跑,谁也阻挡不了
几年的心血白费了
我们站在岸边,看不到父亲

在心里痛哭,只看到得以解放的鱼群
唱着纵情的欢歌,父亲啊
既然我们什么都没有了
为什么还要在这个鬼地方待下去

还等什么呢,赶快游走吧
像欢快的鱼群一样

房梁之歌

他早已没了力气
一定是老鼠帮了他的忙
把绳子挂到了房梁上

时间并没有因此停止
悬挂的身体像钟摆
房梁也随之发出低吟

这上好的梁木啊
是他童年时
跟着父亲在春天栽下的

曾有神仙路经此地

有个神仙想找个地方住下来
路过我们家乡
看到山上烟尘弥漫

还有声音传来
"他们挖去了我的双眼,
掏空了我的心肺,疼。"

"等你身上没东西可掏的时候
就不疼了,
他们自然也会停下来。"

神仙敷衍了几句
咳嗽着,很快就离开了
再没有来过

回家
——悼舅父

你一路北上,跋山涉水

当然时光也在倒流

多么急迫啊

你似乎在追悔年少离家时的冲动

终于回到家了

就站在十七岁的门口

像是刚从学堂归来

却迟迟不敢进屋,母亲是不是

正在给你做一个坎肩

她的眼力已不济

小你四岁的妹妹一定偎在母亲身旁

边引线,边小声地

跟母亲说着话

父亲是不是出诊还没回来

不必担心,那条叫"阿花"的狗

一直跟着他

这时门缝里晕黄的灯光

看见了你,欣喜地

把你拽进屋

注:作者舅父1931年1月生于山东省临沂城南南头村,2022年6月病逝于台湾省台中市,享年92岁。

给弟弟的信

弟弟

你还好吗

我还是要用这古老的方式跟你说话

怎么说呢

你要把身体搞好

有时间的话多看点书

你遭受的一切只有你自己清楚

你要把它写下来

我想跟你说的就是你一定要注意身体

身子一旦垮掉

就什么都没有了

弟弟

怎么跟你说呢其实我也在泥潭里

挣扎

明天又是新的一年

我们都珍重。

兄妹俩

陈家的兄妹俩在吵架
收工的村人路过
觉得这兄妹俩太奇怪了
两人吵得越凶他们就越有兴趣

傍晚的光线下,兄妹俩吵个没完
实在是太好笑了
看这兄妹俩吵架可以省一顿晚饭
甚至生产队的牛都要笑出声来

别人家的孩子吵架
都为了一件衣服或是几毛钱
从没听说过吵架仅仅因为——
真是太有意思了

——仅仅因为妹妹
嫌弃哥哥把借给他的书弄脏了

在梅山铁矿

一直下到地下

四百二十米的地方

这多像探索自己的内心

你不去开采它

不知道身上的矿藏

有多丰富

除了铁

还希望会有黄金

甚至是宝石

当然也可能什么都没有

只是一堆废料

这不能说仅仅是运气不好

当然没有没用的东西

从井下上来

我捡了一小块石头

像是从体内取出

把它放在桌上

当作镇纸

她

她走在桥上
风吹落了头顶上的草帽
飘进了河里
要是年轻时她定会轻盈地
沿着河边去追
即使风吹乱了头发

河里慢慢流动的水
水中慢慢漂远的草帽
就像爱与恨从她身上流走
还有那些亏欠她的
也已逝于水中
只剩下她日渐干枯的河床

她快没有牵挂了
她仍是那个空虚而衰老的美人

一个说明

2002年，由楚尘策划、本人主编的"年代诗丛"第一辑出版，2003年出版了"年代诗丛"第二辑，两辑共二十本。"年代诗丛"一经出版，迅速成为当年诗歌丛书有口皆碑的品牌，就诗歌写作而言，亦标榜了必要的专业性标准。时至今日，入选的诗人大多已成为汉语诗歌写作中名副其实的中坚力量，如杨黎、柏桦、翟永明、何小竹、于小韦、吉木狼格、小安、杨键、蓝蓝、伊沙、刘立杆、小海。但由于种种原因，"年代诗丛"的出版未能延续，当年的盛举已逐渐化为一个遥远而美丽的传说。

感谢江苏凤凰文艺出版社，有如此魅力和信心重启"年代诗丛"。二十年过去了，今天的出版环境已不同于当年，诗集出版量剧增，某些情形下甚至有泛滥漫溢的倾向，喧哗骚动中更显出了自觉写作者的被动、孤寂。选编"年代诗丛"第三辑（重启卷）的目的一如既往，即是要将其中最优异且隐而未显的诗人加以挖掘，呈现给敏感而热情的诗歌读者。这应该也是编者和出版者共同意识到的责任。

因此我们的选择无关诗人的年龄、知名度，要求的仅仅是写得足够优异以及具有独创性的新一代诗人，特别是其中对读者而言较为生疏的面孔。"年代诗丛"也因此寻觅到一个新的开端，是为"重启"。希望下面还会有"年代诗丛"第四辑、第五辑……

以上文字并非后记，只是一个必要的说明。

韩 东

2023.9.17